優しい愛に吹かれて

見上げた空はあなたの味方
私はずっとここにいます。
ついた溜め息は強くなろうとしている証
零れていく言葉があなたに届きますように

目次

優しい愛に吹かれて

aji_cal

入江の先で待っている
赤いワンピースを着て

何を待ってるの？
波が打ち寄せるのを
波が引き絶えていくのを

海風に髪が梳かれて
首元の小さな汗をさらっていく

何度も繰り返していた

ゆっくりゆっくり少しずつ
壊れていたのは世界じゃなくて
奥にいる小さな女の子

もうすぐたどり着くから
素直になれなくて
泣いていたね
いつも

粉がふいた白い石を
大事に握りしめていた

変わって行く景色を
受け止めきれなくてごめんね

強く笑えなかったから
君が微笑んでくれて嬉しかったよ
強く泣けなかったから
君が泣いてくれて嬉しかったよ

赤い風船右手に繋いで
左手に愛しい想い

たった一度の人生だとは
分からず随分はしゃいでいた

束の間見た夢の中で
黄金色の草原を走り抜けたのは

きっと想い出じゃないんだ
だからそっと眠らせて

目が覚めた場所で
また逢えたらいいな

見上げた空の中に
君の笑顔があればいい

Alive

夏の空から花火が消えた
誰もいない土手の上
赤い風船が風でなびく

どうか生きていて
泣いても怒っても悲しくても淋しくても
どうにかなりそうな孤独な夜でも
必ず必ず朝日はまた昇る
明日があなたを迎えに来るから

あたしの拙い話を聞いてくれるのは

あなただけ　あなただけ
恋をしているの　あなたに
あなたなしには語れないあたしの話

だからどうか生きていて
あたしがあなたを迎えに行くから
そして一緒に笑おう

あなたに話したい事たくさんあるの
あなたの話が聞けたらそれは最高

覚悟は冷たくて足が冷えてしまうから
彷徨っても暖かい方へ一緒に行こう

ほら　もうすぐ夜が明けるよ
あたしが自転車に乗る時間だけ
待っていて　もうすぐ着くから
一生懸命ペダルを漕いであなたの元へ

それだけの事だけど
逢ったら褒めてくれるといいな
貰った分の愛を倍にして返すよ
二人一緒にこれからも一緒に生きていこう

一緒

繋いだ手　確かめた
小指と小指が交じり合う
朝起きるのも一緒
ご飯を食べるのも
シャンプーの匂いも
寝る前の歯磨きも
一緒のものがどんどん増えていく
白黒だった私に色をつけてくれた人
それは淡かったり
薄かったり
鮮やかだったり

煌めいていたり
色々な色が増えていく
窮屈になった指輪も
きっと愛の証
もう若さには勝てない年頃だけれど
これからも一緒を積み重ねていこう

愛を問う

愛を問う
愛とは何か
穏やかに漂う凪のような
荒ぶる火山の噴火のような
満ち足りて垂れていくコップの水のような

愛を問う
愛とは何か
自由気ままな猫のような
しっかりと結んだリードのような
ふわふわ香る雲の綿あめのような

固い椿の葉っぱをつたう水滴のような
ブレーキの効かない自転車を漕ぐような

暴走したり冷静になったり
不安になったり満たされたり

愛とは忙しい
回転数上げたメリーゴーランドのように
くるくると感情が交錯して
ぐちゃぐちゃになって絡んだり
ピンと張った裏切れない赤い糸を手繰り寄せたり

愛を問う
いつまでも見つからない出口のように

私はいつでも愛を問う

愛の涙

世界が変わった
両手で覆った顔から隙間を見た

水溜まりを飛んだ
濡れずにはしゃいだ君のスニーカー

脚の先から暖かくなって
凝り固まっていた両手が開いた
小さかった世界が広がっていく
舌を出して微笑む君が見える

諭され怒鳴られ悪態を
狭い場所に独りぼっちだと思っていた
そんな笑顔がこんな近くにあったなんて
どうして気づけなかったのだろう

かさぶた剥がした心が痛くて
ずっとずっと目を背けていた
きっと君から僕自身から逃げていたんだ

黄色い髪で振り向いた君を
思わず抱きしめずにはいられなかった
抜けた栓から何かが溢れた
それは優しさ労り愛の涙

僕が生きてる意味なんて
どこにもないと思っていたけれど
間違っていた僕がバカだった

君の髪の毛に触れて
僕は僕自身に謝罪した
君の瞳に謝罪した

ずっと笑いかけてくれていたのに
見えないようにしていたんだ
その方が楽だったから
失う怖さを知らなくて済むから

でも違うんだね

世界はこんなに広くてこんなに明るい
君を想う僕の心に染みた愛の涙
助けてくれてありがとう

あの頃

未来の話しをした　笑い合って
車窓に覗く東京タワーに誓い合って

好きな人の話しをして　励まし合って
失恋話しに花が咲いて泣き合って

一晩中転げ回って走り続けた
朝日を待って眠った車内で
キラキラと煌めいていた時間

一緒に泣いたファミレスがもう無くなってたよ

時間は無限だと感じた　あの頃

何でも手にできると思っていた
掴んだ選択は間違ってはいなかった

そう思える重ねた月日が淡く滲んで
そっと私達の影を照らしている

あの頃の中にいる私達に
未来はそんなに悪くないよと

忙しなく過ぎていく時の中で
側にいる同じ笑顔と空を見上げた

初恋

私の初恋を侮辱しないで
そんな軽々としたものじゃなかったし
それなりに傷ついた
でももらったものたくさんあったの
好きとか嫌いとかだけじゃなく
光る宝石にような時間や漆黒のような闇
三回目の告白でやっと諦めがついた事
あの人には色んな気持ちをもらった
酸っぱい葡萄を食べた時のような気持ちや
とろけるビターチョコのような気持ち
鉛が胸の奥に突き刺さるような気持ち

それでも人を好きになるってやっぱり素敵な事だから
私の初恋を侮辱しないで

疑似温度

こんなキレイな月の夜は
何か良い事おこるかな
魔法が使えたなら
あなたのもとへ真っ直ぐ飛んでゆくのに
逢えない日々が続いていって
手を繋いでた頃はこんな日が来るなんて
思ってもみなかった
画面越しに映るあなたの姿
笑っていて嬉しいけれど
温度だけはどうしても映らないよ
愛してるの言葉も

一人の部屋では虚しく響くけれど
こんなにも熱い想いがあった事
こうなってみて初めて気がついた
あなたも同じであるといい

画面越しに手と手を触れて
擬似温度を確認するの
あなたも今夜同じ月を見ている

深夜列車

真夜中の文字のやり取り
楽しいな面白いな嬉しいな
向こうで笑ってるあなたが見えるよう

スタンプはまだ取っておいて
終わってしまわぬように
何気ない言葉の節々に愛を込めてるんだよ
たぶん伝わってないと思うけど

おやすみの一言が怖いな
まだまだ話したい事たくさんあるのに

親指のスピードが早くなる
既読のマークも早くなって
私達の深夜列車が速度を上げる

あなたからの返信を待つ間
何となく掃除をしたりして
画面が更新するたびに
ドキドキしてそっと覗く
その瞬間がたまらなく愛おしい

まだ話は続いていて
私も？マークとか付けて
伸ばして伸ばして・・・

そろそろ寝ようかの言葉が返ってきて
私達の深夜列車は速度を下げる
おやすみの言葉とスタンプが
ありったけの愛を込めて
こちらからもおやすみを

最後に見返して暖まった心で眠りにつくの

あなたを泳ぐ

あなたを泳ぐわ
ふわふわな綿あめのような
柔らかい肌　温もり　低い声
あたしもふわふわになって
指輪と指輪をくっつけた

繋がっていく心
撫でてくれる大きな手
包まれてゆく幸せ

あなたを泳いで辿り着いた先で
二人丸くなって同じ夢を見よう

年輪

刻まれていく年輪
少しずつ細かくなって

色々な事があって
歪な形でそこにある

もういいと激しく泣いた夜も
ケーキでお祝いしてくれた誕生日も
煌びやかな夜景に酔いしれた夜も
小さな手を初めて掴んだ奇跡の日も

みんなみんな刻まれていく年輪
蔵を重ねるって素敵な事

深く強く刻まれていく年輪
明日からもまた新しく刻まれていく

そういう日々をいま過ごしている

猫舌

あなたを待ってるこの時間が愛おしいな
必ず少し遅れてくるあなたに
毎回小言を言っちゃうけれど

冷めてしまったコーヒーを飲んで
ごめんごめんというあなたを見るの

いつでもあなたは格好良くて
手慣れた仕草でコーヒーを頼むの

携帯片手にいつでも忙しそうで

あたしの顔をまだまともに見てないんじゃないかと
あなたの名前を呼ぶ
ふとあたしに視線を向けた顔が可愛くて
思わず笑ってしまうの

運ばれてきたコーヒーに口をつけて
熱いと吹き出すあなたにまた笑ってしまった
猫舌のあなたが愛おしいの

でもあたしには猫舌にならずに
熱い想いをぶつけてくれてもいいのにな
フーフーしながらコーヒーを飲む
格好悪いあなたを見てて思ったの

木星の指輪

あなたに届けばいいのです
木星の指輪が笑いかけました
たったそのひとつの事で世界は変わるのです

一言口にすれば溢れる程の愛に気付くでしょう
雨に打たれた昨日は零した涙と合わさってまた強くなれるのです

一歩一歩を大事に醒めない夢から抜け出して
あなた自身の方法で証を刻めばいいのです

遠くに流れてくる音楽を聴いている誰かを想いながら

勇気を手のひらに乗せて
キラリ光った指輪の似合う人に
私はこれからなりたいと思います

いつかあなたまで届くように
伝えたい想いを今この胸に抱いて
今日のところは眠ろうと思います

蜃気楼

密度の異なる愛の隙間
冷たい方へ　冷たい方へ
噛んでしまった爪のギザギザが
胸に刻まれて痛むよ

真っ直ぐなあなたと逆さまのあたし
交わりたいと思う心は一緒だったはずなのに

やっぱりうまくはいかないね
赤くなった手伸ばしてあなたに触れたけど
蜃気楼のようなぼやけた影しかなかった

繋がっていると信じていた
糸は薄く伸びてそして見えなくなる

蜃気楼のように揺れた二人の関係は
薄ぼらけてぼんやりと浮かぶ月の様

濡れた顔拭いたら見えてきた明日
あなたがいてもいなくても
あたしには夜明けという味方がいるから
心静かに空を見上げているのです

Smile again

君は笑っていた
どんな時も

心が砕けそうになる時も
笑顔が最高に眩しくて
吸い込まれたあたしは動けない

もしも翼があるのなら
今すぐに君のもとへと羽ばたくだろう
弱かった言葉　届かなかった言葉

しなった身体に　傷ついた脚
それでもあたしを受け入れてくれた君の優しさ
どれほどの愛だったのか　今になって気づく

ねぇ　綻んだあたしの願い
仕舞い込んでいたこの想いを運び出すから
あの笑顔をもう一度見せて

赤いリップ

手首が冷たい
鈴が鳴るあの光はもうなくなって
眩しくて細めた瞳はもう開かない

なぜとずっと問い続けるあたしには
きっと永遠に聴こえないね

隔たれた扉開く鍵はここにあるの
分かってもらえなかった心臓が痛い

溜め息吐いたこの唇に

赤いリップを久々塗った

マスクで隠したこの気持ち
あなたまで届くように
どうか届くように

いつまでも流れる雲を見つめていた
どこへ行ってしまったの？
あたしをこんな所に置きっぱなしにして
気に入ってた靴はあなたの形のまま
履きっぱなしになってそのままだよ

あなたが見つけやすいように
赤いリップであの道を歩くわ

恋の終わり

出逢う事には意味はないのに
別れる事には意味がある
偶然出逢ったあのカフェで
何度も繰り返した交わる視線
声をかけようかかけまいか
あなたも同じようだったと
後から聞いて嬉しくなった
あなたから声をかけられた時
もう一瞬で恋は始まっていたのね
溶けていく綿あめのような恋だった
最初はふわふわ気持ちよくて

食べてみたら甘くて美味しくて
最後はべっとりまとわりつくような
そんな風に思いたくなかった
いくつもの年月を一緒に過ごしてきたのに
見ていた景色はいつも違っていたんだね
ニガくて切なくて苦しくなって
あなたから逃げた
追いかけてきたあなたをばっさり切ったのは
あなたの人生を生きて欲しかったから
私の人生にあなたはもう必要なくて
あなたの人生にまた他の誰かが現れて
きっと別々の幸せを見つけられる
あの時のメールはもう捨てたけど
あなたの幸せをいつまでも願っている

笑い事

親指と人差し指で描いた丸の中
右目で覗いたその間
幸せの形なのかな
笑い声　笑い声　笑い声

うまく笑えないあたしの代わりに
そっと側にいる
心がときめいたあの日から
ずっとずっと遠くに来てしまったけれど

今でもきっと変わらない

プクっと膨らませたその頬を
はさんで響いた愛してる

久しぶりの音楽に手拍子して
イヤホン外して君の濡れた髪の毛を拭く

ありふれた日常だけれど
今の幸せ　こんなに溢れてる

愛してるって不思議
笑い声　笑い声　笑い事

どんな事も笑い事になる
狭くなっていく部屋　ふくらんでいく愛情

これからも一緒にカレンダー
蹴っ飛ばしていこう

おかえりなさい

あなたがいない夜はつまんないな
面白いテレビも一人だと笑えないな

あなたの匂いのするTシャツを着て
淋しさを少し隠したら
ちょうどあなたからの言葉が届いて
思わずにやけてしまうの

相変わらず事務的な帰りますの一言
もうちょっと愛を込められないのかと
突っ込みたくなるのを我慢して

可愛いスタンプを返したら
意外にふざけた返信が届いて
一人で笑ってしまったの

あなたが帰るまであともう少し
すっぴんに自信がなくなってきた年頃だから
パックして肌を整えてリップだけ塗って
多分あなたは気づかないささやかな努力を
疲れて帰ってくるあなたに
最大限の笑顔でおかえりを言いたいから

玄関の鍵が開く

ただいま

おかえり

あなたが帰ってくると部屋の空気が変わるな
少しはしゃいでしまうあたしのせいかな
二人で過ごす夜はやっぱりいいな

見つめ合って
もう一度
おかえりなさい

運命

少し寒くなって
悲しみが溢れてきて
涙をしまい込んだまぶたが痛い

身体中不安だらけになって
素直にあなたを見られなくなって
言葉を飲み込んだ喉が痛い

上手くいってたのに
ずっと続くものだと思っていたのに
画面に映ったたった四文字の言葉で

この関係が一変するなんて
これが私たちの運命だったのか

夜の中に漂う汚れない純粋な文字が
二人の間で小刻みに震えながら揺れている

小さな真夜中の隅っこで
築き上げてきたものには
なにひとつ頼れない事を
気づき始めた二人がいる

消えていくロウソクの炎を
かじかんだ手で温めても

ため息に負けて一筋の煙になって
二人の距離を遠ざける

今までの私たちは何だったのだろう

繕った時間ではなかったはずなのに
一瞬でほころびが見えて
音もなく崩れていくんだね

これが運命なら
乗り越えていく事なのか
別々の道を歩む事なのか

誰か私たちに教えて下さい

嘘

あなたが愛してると言わなくなったのは
心に嘘があるからなのね
あたしを力いっぱい抱きしめるのは
その嘘を隠すためだったのね

あたしが持っていたあなたのブレーキは
いつの間にか形をなくして
あたしの手の中にはもう何もなかった

止まらないあなたを
どうやって追いかければいい

噓に噓を塗り重ねて
だらしなく垂れた腕の中に
愛はなくても抱きしめてほしくて

噓を溜め込んだあなたの喉を噛んで
すべてをあたしが飲み干したなら
何事もなかったように
うまくやっていけるかな

色をなくした愛がもう一度色づくためなら
あたしは悪魔にだってなって
邪魔をするものすべての色を消すのに

後ろを向いたあなたの背中が

まるで違う人のようで
超えられない壁が立ちはだかって
あなたを上手に見られない

お試しの恋

あたしの裏側を見て
あなたに試されたいの
あたしがどんな女かもっと知ってよ
あなたの裏側も見せてよ
あたしも試してみたいの
おでこにキスなんて可愛い事やめて
お願いして後ろから抱きしめてもらえた時
首筋にあなたの息がかかって
あなたの心音が聞こえてきて
早くなっていく音に何も感じなかった
友達でも恋人でもない関係は

とても心地よかったけれど
あたしが先に踏み外したのね
恋なんて知らなくて
でもあなたをもっと知りたくて
急ぎ過ぎてしまったあたしを許して
お試しの恋なんてやっぱりどこにもなかったのね
お似合いだよとまわりに言われて
バカみたいに調子に乗り過ぎたのね
翻弄されたと思っているのでしょう
でも試してみたかったの
恋がどんなものか知りたかった
あなたではなかったという事が分かって
あたしは大事な友達のあなたを失った

サナギ

連れてきて
夜が終わる前に
連れてきて
大事なあの人を早く

連れてって
朝一番の電車に乗って
連れてって
もうどこでも構わない
夢から醒めたこんな寒い身体

つまらなく生きていた
息を吐くたびに毒づいて
誰もそばに寄ってくれなかった

誰かと交わすくだらないおしゃべりも
愛おしいと思えるようになったから

許してつねって抱きしめて
見送れない部屋で泣いていた
あの人の意味を確かめるように

サナギのようだった二人が時間をかけて
少しずつ少しずつ愛に変わっていったのに

美しい羽を手に入れた途端
甘い蜜を吸いに去っていく

連れてきて
大事なあの人を早くここへ
連れてきて
もうすぐ夜が明けるから

一人でいるのはもう嫌なの　だから
サナギのままでいれば良かったの？

魔法のコーヒー

仕事をしてるあなたが好き
骨張った指が滑らかにキーボードを叩く
眉間にシワを寄せて
目を少し細めながら
真剣に考えているあなたの表情を
あたしは隣で盗み見る
あなたのためにあたしができる事なんて
コーヒーを淹れる事くらいだから
せめて美味しいコーヒーを淹れようと
ポットを持つ手に力を込める
おいしくなあれ

おいしくなあれ
あたしのこの魔法のコーヒーを飲んだら
きっと仕事も上手くいくはず
あなたの隣で無関心な振りをしながら
心いっぱいで応援しているよ
だから終わったら
少しだけあたしにあなたの時間を下さいね

冷たい壁

透き通った青空見上げて
雲の形を追う視線

澄み切った白い息
赤い頬と共に上げる顔

熱い缶コーヒーを
両手で握って僕を見る瞳は
何だか見透かされているようで
不安になる

気づいているの？
僕の気持ちが薄まっているのを
僕でさえ戸惑って
まだ受け止めきれていないのに

長い時間をかけて
二人の日々を形作ってきたね

僕に今ある感情が
愛情なのかただの情なのか
よく分からなくなってしまったんだ

こんな事を言えばきっと君は怒るね

心から叱って僕を包み直してほしい

生えてしまった羽をたたむ方法が
今の僕には見つからないんだ
隣の芝生が青く見えて
足が勝手に動き出そうとしてる

君を裏切る事はできない事は
頭で理解しているはずなのに
目の前に立ちはだかる冷たい壁のように
君の想いは僕の重石になってきて
羽ばたきたいと背中が疼いてしまうんだ

君の赤い頬に触りたいと思う気持ちが

もう僕にはないみたいで
傷つけずに君から離れる方法を
君とくだらない話をしながら
頭の隅で探している

笑顔

黙っていたら
どんどん時は流れてしまうから
もっと笑って
だれかの幸せになろうよ

満員電車に乗ってる時だって
仕事してる時だって
お風呂に入ってる時だって
キスしてる時だって

同じ重みを持った時間なのだから

あなたを思い出すとき
表情がないのは
悲しいから

もっともっと　笑顔が見たいよ
もっともっと　たくさんの深呼吸をして

どんな闇が打ち寄せようとも
蹴っ飛ばしてあの雲の向こうまで
ひと回りして戻ってきた時は
それはきっとあなたの糧になるよ

もっと　もっと笑って
あなたの笑顔は僕の幸せだって

いつかそっと言えたらいいな

恋人同士

デートの約束はあなたから
本当はしてほしいんだけど
いつもあたしが決めてるね

嫌われていないのは
何となくわかるけど

好きとか愛しいとか
こういう素敵な言葉

あなた本当に知ってるの？

あなた本当に想ってるの？
あなたとあたしは恋人同士
逢えば手を繋ぎキスもする

態度で分かってなんて
そんな高度な愛情表現
理解するのは難しいよ

あたしの話もうわの空だし
ケータイばかり気にしてる
すぐに時間は変わらないよ

何をいつも待っているの？

その機械に秘密があるの?

あたしへの相槌はのんびりなのに
SNSへの返信は風のように早いね

もっとちゃんとあたしを見てよ
もっとたくさん会話をしようよ
ケータイの中に愛はないでしょ

ここにある二人の時間を
もっと大事にしようよ

じゃないと本当に大切なもの
見失って無くなっちゃうよ

指輪はあなたを縛るものじゃないし
あなたの心も縛れるものじゃないけれど

せめて二人過ごすこの甘いはずの時間だけは
誰にも邪魔されたくないんだけどな

だからもっとあなたの言葉であたしを愛して
あなたの声であなたの気持ちを聞きたいよ

あなたとあたしは恋人同士
そうあなたも想ってるよね？

青い光

変わらないままそこにあった
白い雲とその笑顔

過去を忘れなければ
生きられない残酷さに
どう手を差し出せばいいのだろう

時は止まらず戻れない場所で
うずくまった君の震える身体を
思わず抱きしめた夜明け

泣いてしまえば楽だろうに
くちびるを噛んで耐える背中に
ゆっくりと差し込む優しい朝日

どんなに辛くても
歩き出すその時には
ちゃんと笑顔になれる
そんな強い君が好き

がんばれ　がんばれ　がんばれ
何にもしてあげられなくて
もどかしいけれど
がんばれ　がんばれ　がんばれ

明日にしか時間は進まないから
逆さに見えた虹は
やっぱりそれでも感動したから
全部終わったら
あの青い光を掴みにいこう

あなたの音

あなたの音に
耳を澄ます

優しいあなたの音
楽しいあなたの音
厳しいあなたの音
切ないあなたの音
悲しいあなたの音

私はいつだって
あなたの音を

感じていたい

真夜中の先

夜が連れてくる孤独
穴に吹く風は冷たく
あなたの温かい腕を
思い浮かべ身体を預ける

ソファに放ってあるタオルに
あなたのにおいが残っていて
顔を埋め私の底まで吸い込ます

少し嫌な事があって
何だかモヤモヤした胸の内を

あなたに聞いてほしいから
少し苦いコーヒーを飲んで
疲れたあなたの闘いの話を
膝枕しながら聞きたいから

真夜中の先かもしれない
あなたの帰りを
やっぱり待ってしまうのです。

せつない夕陽

せつないの四文字に込めた
これほどのあたしの想いを
あなたはきっと気づかない

夕方に見た夕陽がキレイで
あなたのために流した涙さえ
もう何も残ったりしないね

振り向いて欲しかった背中
おでこを付けた秘密の温度

もうちょっとだけの魔法に
かかったのはあたしだけで

聞こえたゴメンの震える声
そういう人だと知ってたよ
真面目で優しくて照れ屋で

だから好きになったんだよ
ありがとう素敵な気持ちを

もう行くからと肩に両手を
置いてくれたあなたの温度
少し冷たくて少し強かった

目を合わせてまたゴメンて
ちゃんと断ってくれたから
あたしはきっと前に進める

だから好きになったんだよ
ありがとう素直な気持ちを

さようならまた逢えたなら
今度は笑って逢えるように
しっかり女を磨かなくちゃ
あなたに後悔させるために
しっかり女を磨かなくちゃ

今はまだせつないの文字が
あたしの身体を駆け巡って
あなたを忘れられるまでは
この夕陽に包まれていたい

Go together

始まりが見えた
高速道路の入口

遠くに佇む都会の光
規則正しい道のライトが
僕らを未来へ誘っている

誰もいない道路
トンネルへ入る

車内の熱は上がり

昔の話をしたり
先の話をしたり
たまにケンカしたり

人生なんて大それた事は
まだまだ語れないけれど
紡いできた僕らの物語は
まだまだ出口までは程遠い

手を絡め走ってきたこの道を
これからもずっと共に行こう

赤い花

あなたを想うあたしの熱で
甘みを増したこの愛を
あなたに蒔いて根づかせる

一度水をあげたら引き返せない
甘い匂いを放つ赤い花になって
あなたの身体に絡みつく

棘には充分気をつけて
気まぐれにあなたを貫いてしまうかも

温かく優しい水をたくさん注いでくれれば
あたしの熱はさらに上がって
どんどん甘く熟れるでしょう

枯れるまではあなたの側で

Moon

月が見ている　私を透かして
夜に堕ちていく　座り込む呼吸

強い光だった　とても　とても
思わず吸い込まれそうな強い輝き

今まで誰にも感じたことのないものだった
恋ではない　愛でもない
欠けてしまった私の一部分のような

痛いくらいのこの感情を

説明できる言葉が見つからない
穏やかに低い所でひっそりと生きてきたのに
心を揺さぶるものはあえて避けてきたのに

どうしてしまったのだろう
私ではないみたい
欲しく欲しくてたまらない
朝起きてから夜眠るまでずっと

わざと挑発的な言葉を選んで
これ以上踏み込まないように
すればするほど刻み込まれる胸の奥

私の心はすべてあなたに飲み干されてしまった
あなたへ向かうふらつく足元を
月の光が鋭く刺して
空っぽになった私をあざ笑う

目を閉じても差し込む光を受け入れたなら
新しい私に生まれ変われるのだろうか
眼鏡を外したあなたの奥に繋がってみたい

二人

揺れるキャンドル　遠くに見える観覧車
光る小石を散りばめたような夜景
隣に恋しいいつもと同じ笑顔
束の間の贅沢な時間

他愛ない会話　それが愛しくて
どんな話でも　笑ってしまう
汗をかいたグラス越しのあなたに
私はどう映っているのだろう

忙しなく過ぎる毎日に埋もれて

若いだけで輝いていられた日々は遠くなってしまったけれど
同じように歳を重ねて　同じ皺を刻んで
二人で誓ったあの日から
もう随分と長い道のりを共に歩んできた

時には繋いだ手が離れて
迷ってしまった事もあった

お互いの悪いところしか見えなくて
心が離れた事もあった

それを越えてこられたのは
二人が歩み寄る努力をしたから
お互いが必要だから　失いたくないから

好きだけじゃ乗り越えられない壁がある
何度もそういう場面に立って
手探りで見つけた答え

曖昧だったものを明白にすると
痛みを伴う事を二人で知った夜明け

たくさんの日々を超えて
今こうして二人並んでいる
夜景にはしゃいだ横顔が愛しい

いつまでもこうやって寄り添っていたい
サプライズの花火が咲いたケーキ
びっくりして声も出ない

小さく書かれたメッセージ
いつもありがとう　これからもよろしくね
濃厚な時間に甘ったるいクリーム
濃密な二人にはちょうどいい甘さ
まだ夜は始まったばかり
羽を生やして二人　さあ次はどこにいこう

アイロン

シワシワになった心　アイロンで伸ばして
この澄み切った空にかざしたら
綺麗にリセットできるだろうか

鮮やかな光が通り抜けて
何事もなかったかのように
痛みすら消えて　悲しみをも連れ去って

また誰かを好きになれるのだろうか
人はどうやって恋を忘れていくのだろう
どうやって恋をまた始めるのだろう

熱くなった蒸気で折り目をつけて
裏返しにしたら何かが変わるのだろうか
表も裏もあなたで溢れてしまって
乾く間なく滴り落ちる雫

何度も何度もアイロンをかけよう
思い出しても何も感じなくなるまで

ハチミツ

この想いを
告げられるような
心強い勇気があれば
変わるだろうか
この関係

変わりたい距離と
変えたくない笑顔
天秤はどちらに傾くの？
友達だから言える事

恋人になれば言える事

言えないのは
崩れそうで怖いから
言わないのは
離れたくないから

その優しさの意味を教えて
その温もりの答えが知りたい
強く想うほど泣きたくなるのは
恋をしている証拠

あなたの瞳に映る私は
どんな顔をしているの？

その小さなため息の理由は
私の勘違いを見抜いているから?

言葉にしなければ終わる事もない
でも言葉にしなければ始まる事もない

ぬるいハチミツに溶けているような時間を
あなたから壊してほしい

それならばどんな結末でも
受け入れられるのに

月の下

あなたは今誰といるのだろう
街中が華やいでキラキラ輝く夜の中

私の視界は滲んでばかりで
溢れる想いに立ちくらみさえ覚える月の下

小さな子供のように純粋になれたらいいのに
ただ逢いたかったとその一言が言えないまま

こんなにも遠くにきてしまったのに
あなたが私を覚えているはずないのに

ボタン一つで繋がる事ができてしまう今が怖い
知るすべすらなかったあなたの今がそこにはあって

ささやかな淡い期待を抱いてしまう
幼かった私を許してくれるかもしれない
またあの頃のように笑い合えたらと

どんなに祈っても変えられない過去を
海の底に沈む暗い石のように抱えたまま

それでも進む針は止まらなくて
こんなにもキレイな夜の隅っこで

私はまだ顔を上げられずにいます

独りよがりの夜

幸せなんて星の欠片
手にした途端
指の隙間から零れていく

どうしたら守れるの
強く握るほど儚く消えていく

情熱的な愛なんていらない
柔らかく続いていく
温もりがあればいい

約束なんて流れる風
ふっと息を吹けば
逃げていく鎖

どうしたら貫けるの
深く想うほど独りよがりの夜

その場しのぎの言葉なんていらない
嘘のない瞳で
私だけを見てほしい

懐かしい歌が聴こえて
2人の想い出が溢れる

信じる気持ちがあれば
乗り越えていけるよと

悩む誰かに言ったはずの言葉が
自分の胸には響かない

独りの夜がとても冷たくて
あの頃感じていた光が
今の私には見えない

宝物

こんな愛もあるのねと
早い夜にそっと思う

駆け抜けてきたこれまでの事
余裕なんて全然なくて
見るものすべて変わってしまった

でもそれはきっと幸せな事で
穏やかなもう一つの愛を噛みしめている
世界が狭くなったと思ったのは勘違いだったようで

外に出れば変わらない日常がそこにあった
変わったのはあたしなんだと
現実を思い知らされてる

久々に開いたページに
昔の自分が重なって
もうあの頃へは戻れないのだと
少しだけ淋しくなった

誰にも分かってもらえない涙が
あたしの中にまだ残ってくすぶっている

どうあがいても止められない運命なら
乗り越えてみせるから

洗いたての柔らかい髪をそっと撫でて
キラキラ光る宝物二つ　胸に抱き寄せキスをした

願い

遠い昔の傷跡が疼いた
あなたに逢えなくなって
もう六度目の季節が
私のすぐそばを通り過ぎる

久しぶりのあなたの姿に
何も感じなくなった自分に驚く
若いだけでは済まされなかった
あの過ちをもう忘れているといい

それならばこの罪の塊が
心の底で鈍く光るのを
私だけが抱えていけるから

誰も傷つけずに
だから忘れているといいです

もう逢う事もないけれど
何にも残せなくて
鈍い傷みだけを置いてきてしまって

人を傷付ける罪を知ったあのドアの向こう
落ち着いた二人の幸せがあるといいです

遠くから見守る事しかできないけれど
私はここにいると叫ぶ事もできないけれど
私はいつまでも二人の幸せを願っています

文通

文通してたあの子は元気かな？
手紙が来るのをいつも楽しみにしていた
ポストを開ける手が笑ってた
何気ない毎日をしたためて
切手を貼ってあの子に送ってた
好きな子の話とか
今の趣味とか
本当に他愛ない手紙

それでも楽しかったね
会えない距離ではなかったけれど

送られてきた手紙は今でも宝箱にしまってあるよ

今では親指ひとつで繋がれるけど
あの子の事を想いながら
汚い字で一生懸命手紙を書いたあの時間
私にとってはかけがえのない想い出なんだ

文通してたあの子は元気かな?
今でもたまに思い出す青春の甘酸っぱい思い出

あなたへの道

真っ直ぐ続くあなたへの道

重い物をどけたり
壁を乗り越えたり
水溜まりを跨いだり
それはそれはいばらの道

でも視線だけはずっと
あなたを見失わないように
高く保つように
それだけをずっと

いつか届く日を信じて
強く暖かいあなたの腕に
抱きしめられる事を夢見て

真っ直ぐにそっと
歩いてきたこの道

あなたにたどり着くまでに
こんな大変な想いをしたあたしを
どうか存分に可愛がってね
あたしがもういいって言うまで
誉め言葉をたくさん用意してね

そんなご褒美があるならば
どんな道だって駆け抜けていくわ

転んで擦りむいたキズを
優しく手当てしてくれるなら
何度倒れたって
また立ち上がりあなたへと向かう

そんな恋をしているから
笑ってばかりいないで早く
あたしの愛に溺れなさい

赤い棘

傷ついている想いを
気づかれないように
そっと抱くあなた

飲み込んだ赤い棘は
とても痛かった事でしょう
涙さえ仕舞い込んで
冷たい雨を切るように
歩みを強めるあなた

言いたい事たくさんあるだろうに

言わないのは卑怯じゃなくて
優しさだって事
そっと気づく日が来ればいい

あたしはいつも知ってるから
あなたがもっと輝き出す事

傷みを知ると人は強くなれるから
人に優しくなれるから

涙代わりの雨に打たれたあなたの背中は
明日を感じずにはいられないほど
強く切なく暖かい

振り向かなくてもいいけれど
あたしはいつだって
あなたの側にいる

うまい言葉は言えないけれど
濡れないように大きな傘を
いつまでもいつまでも
あなたに差し出している

呼びすて

最初は苗字だった
あたしを呼ぶあなたの声
さん付けでたどたどしくて

最初は敬語だった
あなたもあたしも距離を取って
あれが恋だったなんてあの頃は気づかなかった
あなたは気づいていたのかな？
たくさんの時間を共有し合って
最初は仕事の話ばかりだった

あたしの愚痴なんかを黙って聞いてくれて
距離が近づいたのはいつからだろう?

最初に惹かれたのはその低い声だった
やがてその大きな手に触れてみたくなって
仕事に一生懸命なあなたを目で追うようになって

電話番号をあたしにくれた時
あなたはもう恋に落ちていたんだね
あたしより少し先に
電話の声がますます愛おしくなっていって
あたしもおんなじ恋に落ちたの

敬語がなくなって苗字から名前に呼び名が変わった時

お互いの恋に気づいたね
あなたの手に初めて触れた時
心臓はパンクしそうなほどときめいていたのよ
平然を装っていたけど握り返してくれた時
このまま時間を止めてと神様にお願いしてたの

今では名前の呼びすてはすっかり定着して
息を吐くようにあたしの名前を呼ぶあなた

今でも名前を呼ばれるとドキドキするのは
あたしだけなのかな？
今でも照れくさくてあたしはあなたの名前を呼びすてできないでいる

巡り逢い

予感がした
夢で見た
この出逢い
分かっていたよ
ずっと前から
待っていたよ
今日までずっと
初めまして
久しぶり
こんにちは
季節は秋

優しい朝
巡り逢いなんて
運命なんて
神様なんて
今ならきっと
素直に言える
ありがとう

ハイヒール

よしなさい　恋なんて
捨てなさい　愛なんて
甘い毒を飲まされているだけの幻想
泡沫の夢に閉じ込められる前に

あなたの存在意義は恋だけじゃないはず
勉強に仕事に原動力となるのはあなたから溢れてくるもの

恋や愛なんてほんの些細な切り傷みたい
ナイフで心を刺して溢れ出す赤い血
それは痛みを伴ってほんの少し生きてる実感が湧いて

あなたの心をぐちゃぐちゃに引っ掻きまわすだけの子供の遊びのように
よしなさい　恋なんて
捨てなさい　愛なんて
一度溺れたらもう二度と戻れなくなるなら
一人でも生きていける強さがあなたにはあるから大丈夫

子供の頃に夢見た理想とは違っても
ハイヒールを履いたあなたは強く美しく逞しい

三日月ブランコ

揺れる三日月腰掛けて
裸足の足先星に浸ける

涙が乾いた後だから
そこに当たる風は優しい

両手いっぱい掴んだ愛を
わざと落としてみたんだよ

忘れられない人に出逢ったのは
あなたよりもあたしの方だった

明るい夜が包んでくれるから
いくらかは元気になったけれど

想い出になるには
まだ早すぎて

思い出すには
まだ大きすぎて

腰掛けた月の淵
重い頭をもたげて見つめる

あたしから心を取り出して
夜に蒔いたらきっと

一瞬の流れ星になってそっと
あなたの側を通り過ぎるのに
三日月のブランコ高く漕いで
強く明日までジャンプしよう

君☆僕☆花☆道

君と僕との小道を抜けて
花の木陰で一休み
君と僕との道は続くよ
ずっとずっとどこまでも

花咲く夕暮れ　オレンジの暖かい模様
包まれ二人は　オレンジよりも赤い頬

君と僕との秘密の言葉
きっと誰にも内緒だよ
君と僕との道は続くよ

ずっとずっといつまでも

繋いだ指先　オレンジ色に輝き始め
見つめた瞳は　オレンジのおんなじ笑顔

君と僕との小道を抜けて
花の木陰で一休み
君と僕との道は続くよ
ずっとずっとどこまでも

ずっとずっといつまでも

星空散歩

星の石　順番に飛び越えて
ひるがえしたスカートは
今日の為の特別な模様

まぶしくて　あなたの背中を見失う
慌てて掴んだ小指はあたしの中指よりも太い

涼しい風が吹いて
振り返ったあなたの優しさがまた一つ
あたしの好きを増やしていく

星の石　並んで寄りかかって
おそろいの形した笑顔は
二人のための特別な温度

心細くて　泣いた事もあった
肩に乗せたあたしの頭をあなたの太い腕が包んでいく

耳元であなたがこぼした言葉に
しびれてあたしは動けない

目の前に広がるたくさんの星々
歩いてきた道よりこれから歩いていく道の方が
たくさんの光に満ちている

黒の中にある輝きが一番キレイな事を誰よりも知っているから

二人で歩いていこう
ずっとずっと
星空散歩

二人で生きていこう
もっともっと
星空散歩

パジャマ

新しいパジャマを買ったの
あなたに早く見てもらいたくて
早めにお風呂に入ったのに
残業のＬＩＮＥが届く
いつ帰ってきても同じなんだけどさ
可愛いパジャマだから
早く抱きしめてほしかったな
あなたが帰るのはあたしが眠った後
きっと気づかないね
明日の朝になって気づいてくれるといいなぁ
パジャマなんてあなたにしか見せないものだもの

あなたに可愛いと言われたいが為のものだもの
明日の朝のお楽しみかな
おやすみなさい

睫毛

睫毛が刺さって目が痛いや
あなたへの想いとおんなじ
心の棘が抜けないまま
この夜を過ごしてる

逢いたいのに逢えない辛さは
海の底にいるようで
シンと静まりかえった部屋の中
あなたへの想いを持て余している

どうしたらいいの？

連絡が来ない夜は冷え冷えしてて
足の先まで凍ってしまっているよう

早く逢いたい

睫毛が濡れてしまうのを抑えるのが大変なの
早くあなたの手でこの涙を拭いてほしい
いつ来るか分からないそんな日を夢見て
今日も一人眠りにつくの

Daydream

優しい君の隣で眠ろう
優しい歌が響く中眠ろう
壊れてしまいそうな夜をそっと抱えて
挫けてしまいそうだったんだ
あともう少しで
すぐそばまで迫っていたんだ
気づかないまま
優しい歌に身体を委ねればほら

一日の始まり
ほら
明日のための今日
夢の中の現実にいるようだった
ずっとずっと前から
かげろうがゆらゆらと漂っているような毎日
君の歌が染みてきて
ねぇ
初めて現実の中の夢を知ったんだ

未来のための今を生きる事
とても簡単だけれど
とても難しい

狭い箱を飛び出せば
ほら
こんなに世界は広がっていた

優しい君の隣で眠ろう
優しい歌が響く中眠ろう
楽しみで仕方ない明日をぎゅっと抱えて

ひなたぼっこ

朝一番のひなたぼっこ
優しい風
抜ける陽
光る水辺
流れる波紋
静かな時間
走る犬の足音
鈴の音色
生い茂る緑
流れる雲
きらり光るせせらぎ

明るい水色の空
川の中揺らぐ石
甘い空気
身体の毒が抜けていく
気持ちがすっと晴れていく
そんな穏やかな朝

暖かな時間

暖かな時間
お久しぶりのスカートで
太陽にこんにちは
毎日泣いてばかりだったから
風はとても心地好く
浴びる陽射しは穏やかだ

膜が張っているような感覚を
誰とも共有できずに
暗い場所で深く孤独を見つめていたけど
今日のこの日は気持ちいい

ずっと続けばいいと願う暖かな時間
しばらくぶりの安定した鼓動

笑うのは楽しいから
泣くのは苦しいから
単純で純粋なこの気持ち
縛られた足枷を解いてくれたね

不安にがんじがらめだった
昨日にさようなら
毎日泣いてばかりだったけど
もう大丈夫だと思えるほど
染みる温もりが愛おしい

春夏秋冬

ぐるぐる回る　行ったり来たり
季節は過ぎてもあたしはずっと置いてきぼり
みんなどんどん先に進んでしまって
うしろ姿がもう見えないよ

同じ事を何度も悩んで　何度も答えを出したのに
どうしてまたスタートラインへ戻ってしまうのだろう

楽しいだけじゃ長く続かないんだ
好きだけじゃ一緒にいられないんだ
そう思って離れたのに　まだあなたを感じている

あたし達　もうどうやって前に進んだらいいか分からないね

春の木漏れ日に　二人微笑んで
夏の抜ける日差しに　二人手をかざして
秋の色づく道路に　二人ため息をついて
冬の凍える雪の中に　二人涙を落として
また春に見つめ合い
夏に顔をそむけ
秋の寂しさに寄り添い
冬に抱き合う

たくさんの月日を一緒に過ごして　まだ答えが出ないあたし達

どのくらいの時間が経てば　分かるのだろう

永遠なんて欲しくない
ただ命尽きるその時に　あたしは誰にそばで笑っていてほしいだろう
あなたの未来にあたしはいるのかな？

見ているものが同じだと思った
感じ方が似ていると思った
何もかも　うまくいくと思っていた

時過ぎて　大人になり
それだけじゃダメって事を痛感している
むずかしいね
あたしとあなた　二人好き同士だったはずなのに
一緒にいるとお互い幸せになれないなんて・・・

いつか出逢うかな
またそれぞれ別の人と違う未来を見るのかな
いつか想い出の中に寄り添えればいいね

大好きだったんだ
今は涙しか出てこないけど
あなたの幸せを心から願っています

三日月ボート

三日月ボートで逢いにいく
静かな水面にあなたを写しながら
星の雫に囲まれながら
雲の中はちょっと寒かったよ
あなたに包まれて　眠りたい
流れ星になるから　絶対に見つけてね
そして願って　あなたの夢
できる事を必死で考えて　あなたに注ぐよ
あたしの愛はそういうもの
繋いだ手が離れてしまっても　二人の絆は変わらない
あたしの愛は変わらないから

あなたを包む優しい風になって　あなたを守るね
三日月ボートで逢いにいく
静かな水面に　あなたの未来を写す
あたしがいないのは少し淋しいけど
あなたが笑っていれば　あたしは幸せ
だから見えなくなっても　泣かないで
それがあたしの最後の願い

二人の秘密

好きな色の空
夜が始まる空
好きな人の顔
私に頷く顔

恋に弾む胸
ゆえに痛む胸
赤い頬の君
絡ませた小指

逃げ出したくない吐息
離れたくない温度

目を開けたままキス
ふいに近づく距離

沸騰する身体
抱き寄せる腕

髪の毛を撫でる手
安らぎを得る私

忘れないあなたの匂い
もう一度がない二人の秘密

つむぐ想い

嬉しくて　楽しくて　抱きたくて
切なくて　逢いたくて　泣きたくて
こんなにも　こんなにも　つむぐ想い
あなたへと真っ直ぐに届けたい
愛すらも　大きく抱く　広い背中
今日も追いかけ歩いています
不安にも後悔にも　打ち勝つ強い心を
こんなにもくれたのはあなただから
あなた以外愛せないわけじゃないけど
あなた以上愛したい人はいないでしょう
それが今のあたし　寒い日だって平気

あなたのぬくもりに包まれて
夢の中だってあなたを愛してる
背中に感じる鼓動は　あたしだけの子守唄
うなじを甘く噛まれたら　雲にだって乗っていける
こんなにも　こんなにも　あなたが好き
永遠を感じたまま眠っていける
一緒に手繋いだまま辿り着こう

磁石

君が連れてきた微笑みを抱えて
君が連れてきた悲しみを探して
磁石のように惹かれ合ったのに
磁石のように反発し合っている
裏返ったのはいつなのだろう
味のなくなったガムのように
怠慢だった僕の態度
曖昧だった君の言葉
少しずつ少しずつズレていってたんだね
逢うたびケンカばかりして
逢える時間は決まっていたのに

終電が君を連れに来て
ゴメンネの一言がいえないまま
見送った電車の中で君はきっと泣いていたね
時計の針ばかり気にして
君を抱きしめておけばよかったのに
電車は僕の後悔とともに早々と過ぎ去って
君を乗せて走っていく

それじゃあ　またね

忘れ物取りに行くんだね
あたしはいつまでも待っています
だから心配しないでね
君がまたここへ戻ってくるのを
日々の時間に溶け込みながら
ゆるい涙を幸せへ織り込みながら
君がいつ戻ってきてもいいように
席を空けて待っています
束の間のサヨナラくらい
何てことない出来事だから
失ったわけじゃなくて

ただ前に進んだだけだから
大丈夫だよ
たくさんの愛をここで紡いでいるから
必ずまた逢おうね
最後に手を触れたかったんだけど
次に逢った時のお楽しみにとっておきます
それじゃあ　またね

あなたへ

いつも励ましてくれてありがとう
話を聞いてくれてありがとう
側にいてくれてありがとう
こんなちっぽけな私を見つけてくれてありがとう
私を生かしてくれてありがとう
感謝の気持ちを夜空香る小さな部屋からあなたへ

あとがき

まずはこの本を手に取ってくれたあなたへありがとうございます。

そして、この本を出版するにあたりご尽力下さった方々に御礼申し上げるとともに、この本に携わっていただいたすべての方に感謝しています。

まさか自分が詩集を出せるなんて思ってもみなかったので非常に嬉しいです。

最初はノートとペンで詩を書き始めました。それがパソコンになり今ではスマホで何でもできる時代になりましたね。本の価値はその重みや匂い、その時の自分の気持ちなどまだまだ需要はあると思うのです。

本棚を眺めて感慨深くなったり、昔の本を読んで懐かしんだり。そんなコレクションの一冊になる事ができたのなら、これ以上の嬉しい事はないです。
只今コロナ禍真っ最中です。未来のいつかにこんな事もあったねとみんなで笑い合いマスクを外せる日を夢見て。

２０２１年　肌寒い雨の日に　ｎａｎａｏ

nanao

埼玉県出身
小さい頃から読書が好きで銀色夏生の本に出会う。
詩の面白さを感じ自らも書き始め、note や Twitter
などで詩を載せている。
趣味は読書、ライブ鑑賞〔特に aiko が好き〕。

優しい愛に吹かれて
2021年4月9日　初版第1刷発行

著者　nanao

発行者　髙階　一博

発行所　日労研
〒170-0013
東京都豊島区東池袋1-31-6
TEL　03-6915-2333
FAX　03-6915-2334

カバーデザイン　pupapo design

印刷・製本　丸井工文社